Eugénie Grandet

FichesdeLecture.com

Eugénie Grandet (Fiche de lecture)

I. INTRODUCTION

Eugénie Grandet est un roman écrit par Honoré de Balzac (1799-1850). Il paraît d'abord dans l'*Europe littéraire* en septembre 1833, sous le titre d'*Eugénie Grandet, histoire de province*.

Il faut attendre 1834 pour que l'œuvre paraisse en volume pour la première fois. Plusieurs rééditions auront lieu, amenant parfois Balzac à faire évoluer son personnage.

En 1834, *Eugénie Grandet* s'inscrit dans l'ensemble romanesque de *la Comédie Humaine,* dans le premier volume des *Scènes de la vie de province.*

II. RÉSUMÉ DU ROMAN

Nous sommes à Saumur, où Félix Grandet, un ancien tonnelier et ancien maire de la ville, a amassé une fortune considérable après une suite de spéculations boursières dans une période instable. C'est un homme avare qui mène son épouse à la baguette, tout en lui cachant l'étendue complète de sa richesse. Il en va de même pour sa fille unique, Eugénie, et leur servante Nanon.

La dot d'Eugénie est donc très convoitée, en particulier par deux familles de notables, les Des Grassins et les Cruchot. Au mois de novembre 1819, justement, les deux familles ont élaboré des stratégies diverses et se réunissent dans la maison des Grandet lors de l'anniversaire de la jeune femme. Paraît alors Charles, un cousin de Paris.

Son père Guillaume Grandet s'est suicidé après avoir perdu toute sa fortune, et a laissé une lettre pour son frère, dans laquelle il explique pourquoi il lui envoie son fils Charles. Ce dernier est un jeune homme raffiné, qui attire l'attention et suscite le désir chez la naïve Eugénie. Charles est surpris par le côté très pauvre des lieux, tandis que sa seule présence paraît faire renaître la jeune femme.

Eugénie tombe donc amoureuse de lui, et tous deux développent une affection réciproque. Toutefois, son père refuse toute union entre les deux jeunes gens, car ce serait un déshonneur que de laisser sa fille épouser le fils d'un homme qui a tout raté puisqu'il s'est suicidé. Il rappelle à Charles : « *Vous êtes sans aucune espèce de fortune* ».

Félix Grandet parvient à racheter les créances de son frère.

Pendant ce temps, Eugénie découvre que Charles a une maîtresse, Annette, et qu'il n'a pas d'argent. Elle lui confie en secret des pièces d'or (un douzain) que son père lui avait remises une à une, et un coffret de sa mère, afin de lui permettre d'aller s'enrichir aux Indes, et donc de pouvoir l'épouser lorsqu'il reviendra.

Le père Grandet découvre que le douzain d'or a disparu, et de rage, séquestre la jeune femme dans sa chambre. Il finit par la libérer, car le notaire Cruchot l'avertit qu'à la succession de sa mère, elle pourrait demander un partage des biens en sa faveur.

Sa mère justement, Madame Grandet, décède dans de grandes souffrances. Eugénie cède à son père et renonce à l'héritage maternel. Puis Grandet meurt lui-même, toujours dans l'obsession de son argent ; il laisse donc seules Eugénie et Nanon.

Eugénie, désormais, est une femme très riche. Elle reçoit alors une lettre de Charles, qui a négocié un mariage d'argent avec la marquise d'Aubrion, ayant réussi à faire fortune de son côté. Eugénie ne l'épousera donc pas, malgré le souvenir idéal et les rêves de mariage qu'elle avait entretenus dans son cœur et sa tête pendant bien des années... elle cède donc au vieux Cruchot de Bonfons, mais exige que leur union reste blanche. Elle rembourse aussi les dettes de son oncle.

Eugénie, bientôt veuve alors qu'elle a à peine 33 ans, vit modestement, comme si elle respectait toujours le rythme d'existence imposé par son père, et donne une partie de sa fortune à des œuvres caritatives. On l'appelle toujours Mlle Grandet, même si des bruits courts sur une possible union avec le marquis de Froidfond.

III. PRÉSENTATION DES PERSONNAGES PRINCIPAUX

Eugénie Grandet

Héroïne de ce roman, Eugénie est née à Saumur en 1796. C'est une jeune femme très modeste, naïve, et qui mène une existence d'ennui sous l'autorité d'un père malade d'avarice et d'une mère silencieuse. Pourtant, elle se montrera capable de rébellion en donnant les pièces d'or à Charles.

Eugénie va être confrontée à plusieurs défis personnels : se défaire avec peine des réflexes avares de son père, et gérer l'immense déception liée à son amour frustré pour Charles Grandet.

Quelque part, elle perd son innocence dans ses deux domaines, tout en devenant soudainement riche après la mort de ses parents.

L'argent ne l'intéresse finalement pas beaucoup et, lorsqu'elle devient veuve, Eugénie consacre beaucoup d'argent à la charité. Une autre version du roman (la seconde) en fait une femme parisienne vertueuse et riche.

Si son personnage n'apparaît que dans ce roman de la *Comédie humaine*, Eugénie est néanmoins à l'origine d'un nouveau type de personnage, qui sera par exemple repris par Dostoïevski dans des traductions russes.

Félix Grandet

Le père d'Eugénie est né en 1749 et mort en 1827 à Saumur. C'est un personnage célèbre de la *Comédie Humaine*, tout particulièrement en raison de son avarice, tout aussi importante que sa fortune.

Il débute en tant que tonnelier lettré, et suite à un bon mariage, récupère une dot importante. Il devient Maire de Saumur pendant un temps, et s'enrichit de diverses successions et affaires.

Son frère Guillaume, négociant financier à Paris, se suicide et lui envoie Charles en 1819, ce qui déplaît à Félix.

Il manœuvre avec l'aide de maître Cruchot pour tirer des profits de la faillite de son frère. Obsédé par l'argent, il va jusqu'à séquestrer sa propre fille et meurt paralysé dans une dernière contemplation de son or.

Charles Grandet

Cousin d'Eugénie, il arrive à Saumur en 1819 après le suicide de son père, ruiné.

Malgré sa profonde affection (voire amour) pour Eugénie, il a une maîtresse, Annette, à qui il écrit qu'il souhaite partir aux Indes pour faire fortune. Eugénie l'aide dans sa quête, et il lui promet un mariage à son retour. Dans plusieurs pays, il fait fortune en se lançant dans le trafic d'esclaves.

Mais il rencontre Mademoiselle d'Aubrion et se fiance avec elle, devenant ainsi le comte d'Aubrion.

On le retrouve aussi dans *La Maison Nucingen*.

Maître Cruchot

Lui aussi apparaît surtout dans ce roman. Il meurt à Saumur en 1828.

Il appartient à une famille très puissante dans la ville, ceux que l'on appelle le « parti des cruchotins » : ainsi, son frère est abbé, son neveu devient Président, et lui-même est le notaire en charge de la fortune de Félix Grandet...

Tous deux échangent leurs combines pour « faire de l'argent » au maximum, même en détournant des biens publics. De même, c'est Cruchot qui montre à Grandet comment tirer profit de la faillite de son frère, sans en faire bénéficier son neveu. Le notaire a en fait bien compris comment et pourquoi fonctionne l'avarice de Félix Grandet.

Mais Cruchot n'est pas un personnage aussi détestable que Félix : on le voit dans l'épisode de la séquestration. Il est si choqué par ce qui arrive à Eugénie qu'il intervient en sa faveur. C'est finalement son neveu qui épousera la jeune femme après la mort de Grandet, une chose dont il se réjouit.

Nanon

Nanon est entrée au service de Grandet à 22 ans seulement. Elle aime beaucoup Eugénie, mais respecte aussi les ordres de son père, à qui elle est très dévouée. On l'appelle la « Grande Nanon », car elle mesure près de 1 mètre 93 (« à cause de sa taille haute de cinq pieds huit pouces »)

Elle place 4000 francs en viager chez Maître Cruchot, après avoir économisé pendant longtemps. Félix meurt, et Eugénie propose à Nanon un viager de 1200 francs, en retour de quoi la servante gère sa maison et ses affaires.

Nanon épouse ensuite Antoine Cornoiller, à presque 60 ans.

IV. AXES D'ANALYSE DE L'ŒUVRE

L'avarice de Grandet

Contrairement aux idées « clichés » véhiculées sur ce roman, Félix Grandet n'est pas un Harpagon balzacien. C'est un personnage qui incarne l'avarice au sens de l'être économique moderne et contemporain, poussé dans un rationalisme financier toujours plus exacerbé.

Félix Grandet est un personnage très particulier, très puissant aussi ; attaché à son or pour lequel il a une véritable passion, il a entouré sa fortune d'une forteresse, en se montrant secret, tyrannique et manipulateur. Il possède ainsi une pièce dédiée à son or.

Mais l'avarice de Grandet a ceci de spécifique que l'accumulation d'argent doit se comprendre au sens de la conquête de la province. Grandet est doué à ce jeu-là et il finit par assimiler l'or et sa réussite, donc son bonheur. C'est dans ce sens-là qu'il faut interpréter son don de pièces, année après année, à sa fille Eugénie. De même, c'est ce travail quotidien de recherche de richesse qui paraît lui éviter la dégradation apparemment obligatoire en province dans l'esprit de l'écrivain.

Là où les choses dérapent bien plus loin et que l'on retombe dans la caricature de l'avare, c'est lors de sa mort, où l'or lui apparaît comme un bien proche d'un élément naturel (le feu), ou même d'une nourriture.

Eugénie ou la passion

Eugénie, bien qu'essentiellement différente de son père, va hériter d'une partie de ses traits par un processus d'identification dont elle est la première victime.

Son père était avare en argent : elle le sera en amour, en donnant à son lien à Charles une exclusivité passionnelle presque dangereuse tant elle est investie, éternelle. Lorsque ce dernier part en voyage, l'attente d'Eugénie évoque directement l'attente du spéculateur qui fait fructifier son capital et se montre impatient de récupérer ses gains.

Eugénie, dont la vie est littéralement bouleversée par l'arrivée de son cousin, est comme totalement envahie par son amour pour lui, un amour qui se développe très rapidement. Il est le facteur clé de révolution, de rébellion contre son père.

Mais les circonstances font que, en perpétuelle attente d'une union qui n'aura pas lieu, cet amour devient une passion, puis un véritable culte qui transforme Eugénie en héroïne au destin presque tragique, enfermée dans son attente et dans sa ville, et ne pouvant vivre que dans le passé.

La structure du roman

Eugénie Grandet est un roman à la composition balzacienne assez traditionnelle : Balzac utilise d'abord une exposition plutôt lente, puis une partie centrale plus longue, et un enchaînement dramatique plus rapide que le reste. On peut diviser l'œuvre ainsi (de manière globale) :

- L'exposition : appuyée par de fréquents retours en arrière destinés à de plus amples explications, tout en confrontant le passé et l'état actuel des choses lorsque s'ouvre le roman. On revient ainsi sur l'ascension sociale et financière de Félix Grandet, et la manière dont il a géré cette ascension en parallèle avec la révolution et tous les troubles qui y sont liés.
- La partie centrale : il s'agit là de la montée dans la tension dramatique, amplifiée en permanence par ce qui n'est qu'une suite de petits détails. Tout semble nous mener à un conflit insoluble entre Félix et Eugénie.
- Le dénouement : on y lit les résultats des passions de chacun. La fin du roman est plutôt conforme aux attentes du genre.

Notons que Balzac a délaissé une technique qu'il privilégie presque toujours dans son œuvre, à savoir celle du retour des personnages. La plupart d'entre eux s'épanouissent surtout dans ce roman.

L'importance de Saumur

Une fois de plus, Balzac dépeint les mœurs et les personnages d'une époque, ici dans le cadre de la vie de province.

La plupart du roman se déroule à Saumur, mais il développe beaucoup la question d'une relation particulière entre une ville de province et Paris.

Ainsi, le parisien Guillaume Grandet, frère de Félix, s'humilie par sa ruine et son suicide ; l'arrivée de Charles, lui aussi parisien, dans ce milieu provincial qui le surprend, est un élément perturbateur fondamental dans cet univers qui n'est pas le sien. Il semble donc, dans l'esprit de Balzac, y avoir une tension permanente entre province et Paris.

Balzac utilise Saumur comme un espace propre à des mentalités particulières, et donc propre à une peinture réaliste telle qu'il aime la pratiquer en tant qu'écrivain.

La province apparaît comme le lieu des secrets, des complots, des personnages à la fois prévisibles et difficiles à décrypter, uniques mais aussi pris dans des liens familiaux ou des intrigues de clans qui les enferment.

Ce roman est à l'image de la ville qu'il décrit : lent, empli de silences et de secrets, d'espionnage et de signes et détails à ne pas prendre à la légère.

Dans la même collection en numérique

Les Misérables
Le messager d'Athènes
Candide
L'Etranger
Rhinocéros
Antigone
Le père Goriot
La Peste
Balzac et la petite tailleuse chinoise
Le Roi Arthur
L'Avare
Pierre et Jean
L'Homme qui a séduit le soleil
Alcools
L'Affaire Caïus
La gloire de mon père
L'Ordinatueur
Le médecin malgré lui
La rivière à l'envers - Tomek
Le Journal d'Anne Frank
Le monde perdu
Le royaume de Kensuké
Un Sac De Billes
Baby-sitter blues
Le fantôme de maître Guillemin
Trois contes
Kamo, l'agence Babel
Le Garçon en pyjama rayé
Les Contemplations

Escadrille 80

Inconnu à cette adresse

La controverse de Valladolid

Les Vilains petits canards

Une partie de campagne

Cahier d'un retour au pays natal

Dora Bruder

L'Enfant et la rivière

Moderato Cantabile

Alice au pays des merveilles

Le faucon déniché

Une vie

Chronique des Indiens Guayaki

Je voudrais que quelqu'un m'attende quelque part

La nuit de Valognes

Œdipe

Disparition Programmée

Education européenne

L'auberge rouge

L'Illiade

Le voyage de Monsieur Perrichon

Lucrèce Borgia

Paul et Virginie

Ursule Mirouët

Discours sur les fondements de l'inégalité

L'adversaire

La petite Fadette

La prochaine fois

Le blé en herbe

Le Mystère de la Chambre Jaune

Les Hauts des Hurlevent

Les perses

Mondo et autres histoires

Vingt mille lieues sous les mers

99 francs

Arria Marcella

Chante Luna

Emile, ou de l'éducation
Histoires extraordinaires
L'homme invisible
La bibliothécaire
La cicatrice
La croix des pauvres
La fille du capitaine
Le Crime de l'Orient-Express
Le Faucon malté
Le hussard sur le toit
Le Livre dont vous êtes la victime
Les cinq écus de Bretagne
No pasarán, le jeu
Quand j'avais cinq ans je m'ai tué
Si tu veux être mon amie
Tristan et Iseult
Une bouteille dans la mer de Gaza
Cent ans de solitude
Contes à l'envers
Contes et nouvelles en vers
Dalva
Jean de Florette
L'homme qui voulait être heureux
L'île mystérieuse
La Dame aux camélias
La petite sirène
La planète des singes
La Religieuse
1984 A l'Ouest rien de nouveau
Aliocha
Andromaque
Au bonheur des dames
Bel ami
Bérénice
Caligula
Cannibale
Carmen

Chronique d'une mort annoncée

Contes des frères Grimm

Cyrano de Bergerac

Des souris et des hommes

Deux ans de vacances

Dom Juan

Electre

En attendant Godot

Enfance

Eugénie Grandet

Fahrenheit 451

Fin de partie

Frankenstein

Gargantua

Germinal

Hamlet

Horace

Huis Clos

Jacques le fataliste

Jane Eyre

Knock

L'homme qui rit

La Bête humaine

La Cantatrice Chauve

La chartreuse de Parme

La cousine Bette

La Curée

La Farce de Maitre Pathelin

La ferme des animaux

La guerre de Troie n'aura pas lieu

La leçon

La Machine Infernale

La métamorphose

La mort du roi Tsongor

La nuit des temps

La nuit du renard

La Parure

La peau de chagrin

La Petite Fille de Monsieur Linh

La Photo qui tue

La Plage d'Ostende

La princesse de Clèves

La promesse de l'aube

La Vénus d'Ille

La vie devant soi

L'alchimiste

L'Amant

L'Ami retrouvé

L'appel de la forêt

L'assassin habite au 21

L'assommoir

L'attentat

L'attrape-coeurs

Le Bal

Le Barbier de Séville

Le Bourgeois Gentilhomme

Le Capitaine Fracasse

Le chat noir

Le chien des Baskerville

Le Cid

Le Colonel Chabert

Le Comte de Monte-Cristo

Le dernier jour d'un condamné

Le diable au corps

Le Grand Meaulnes

Le Grand Troupeau

Le Horla

Le jeu de l'amour et du hasard

Le Joueur d'échecs

Le Lion

Le liseur

Le malade imaginaire

Le Mariage de Figaro

Le meilleur des mondes

Le Monde comme il va

Le Parfum

Le Passeur

Le Petit Prince

Le pianiste

Le Prince

Le Roman de la momie

Le Roman de Renart

Le Rouge et le Noir

Le Soleil des Scortas

Le Tartuffe

Le vieux qui lisait des romans d'amour

L'Ecole des Femmes

L'Ecume Des Jours

Les Bonnes

Les Caprices de Marianne

Les cerfs-volants de Kaboul

Les contes de la Bécasse

Les dix petits nègres

Les femmes savantes

Les fourberies de Scapin

Les Justes

Les Lettres Persanes

Les liaisons dangereuses

Les Métamorphoses

Les Mouches

Les Trois mousquetaires

L'étrange cas du Dr Jekyll et de Mr Hyde

L'Ile Au Trésor

L'île des esclaves

L'illusion comique

L'Ingénu

L'Odyssée

L'Ombre du vent

Lorenzaccio

Madame Bovary

Manon Lescaut

À propos de la collection

La série FichesdeLecture.com offre des contenus éducatifs aux étudiants et aux professeurs tels que : des résumés, des analyses littéraires, des questionnaires et des commentaires sur la littérature moderne et classique. Nos documents sont prévus comme des compléments à la lecture des oeuvres originales et aide les étudiants à comprendre la littérature.

Fondé en 2001, notre site FichesdeLectures.com s'est développé très rapidement et propose désormais plus de 2500 documents directement téléchargeables en ligne, devenant ainsi le premier site d'analyses littéraires en ligne de langue française.

FichesdeLecture est partenaire du Ministère de l'Education du Luxembourg depuis 2009.

Plus d'informations sur www.fichesdelecture.com

ISBN: 978-2-511-02812-4

Notes :